Un enterrement de vies de mariés

Pièces de théâtre du même auteur

À cœurs ouverts, Alban et Ève, Amour propre et argent sale, Apéro tragique à Beaucon-les-deux-Châteaux, Après nous le déluge, Attention fragile, Avis de passage, Bed & Breakfast, Bienvenue à bord, Le Bistrot du Hasard, Le Bocal, Brèves de confinement, Brèves de scène, Brèves de square, Brèves de trottoirs, Brèves du temps perdu, Brèves du temps qui passe, Bureaux et dépendances, Café des sports, Cartes sur table, Comme un poisson dans l'air, Le Comptoir, Les Copains d'avant... et leurs copines, Le Coucou, Comme un téléfilm de Noël en pire, Coup de foudre à Casteljarnac, Crash Zone, Crise et châtiment, De toutes les couleurs, Des beaux-parents presque parfaits, Des valises sous les yeux, Dessous de table, Diagnostic réservé, Drôles d'histoires, Du pastaga dans le champagne, Échecs aux Rois, Elle et lui, monologue interactif, Erreur des pompes funèbres en votre faveur, Euro Star, Fake news de comptoir, Flagrant délire, Gay Friendly, Le Gendre idéal, Happy Dogs, Happy Hour, Héritages à tous les étages, Hors-jeux interdits, Il était un petit navire, Il était une fois dans le web, Juste un instant avant la fin du monde, La Fenêtre d'en face, La Maison de nos rêves, Le Joker, Mélimélodrames, Ménage à trois, Même pas mort, Minute papillon, Miracle au couvent de Sainte Marie-Jeanne, Mortelle Saint-Sylvestre, Morts de rire, Les Naufragés du Costa Mucho, Nos pires amis, Photo de famille, Piège à cons, Pile ou face, Le Pire Village de France, Le Plus beau village de France, Plagiat, Pour de vrai et pour de rire, Préhistoires grotesques, Préliminaires, Primeurs, Quarantaine, Quatre étoiles, Les Rebelles, Rencontre sur un quai de gare, La Représentation n'est pas annulée, Réveillon à la morgue, Réveillon au poste, Revers de décors, Roulette russe au Kremlin, Sans fleur ni couronne, Sens interdit – sans interdit, Spécial dédicace, Strip Poker, Sur un plateau, Les Touristes, Trous de mémoire, Tueurs à gags, Un boulevard sans issue, Un bref instant d'éternité, Un cercueil pour deux, Un os dans les dahlias, Un mariage sur deux, Un petit meurtre sans conséquence, Une soirée d'enfer, Vendredi 13, Y a-t-il un auteur dans la salle ? Y a-t-il un pilote dans la salle ?

Essai

Écrire une comédie pour le théâtre

JEAN-PIERRE MARTINEZ

Un enterrement de vies de mariés

La Comédiathèque
comediatheque.net

PERSONNAGES

Fred : le futur marié
Clara : la future mariée
Max : le futur divorcé
Zoé : la future divorcée

ISBN 978-2-37705-801-3

Jour 1

Le salon d'une maison bourgeoise. Clara arrive, en peignoir et une serviette sur les cheveux, semblant chercher quelque chose.

Clara – Qu'est-ce que j'ai encore fait de mon téléphone...? *(Un portable sonne sous un coussin)* Ah, le voilà... *(Elle prend l'appel)* Oui, maman... Si, si, tout va bien. Et vous ? Il fait beau en Normandie ? Il pleut ? Oui, tu as raison, mariage pluvieux, mariage heureux... C'est ça, on se retrouve demain à la mairie, comme prévu. Vers 11 heures, c'est parfait... Non, je te promets, on ne fera pas de bêtises... et on ne se couchera pas trop tard non plus. Oui, je sais, c'est le grand jour. Si j'ai bien réfléchi ? On se marie demain, maman ! Je crois que ce n'est plus trop le moment de réfléchir, non ? Écoute, il faut que je te laisse, Zoé ne va pas tarder à arriver, et je ne suis pas encore prête. Moi aussi, je t'aime. Et embrasse papa de ma part.

Fred arrive, en tenue très décontractée, chemise à fleurs et bermuda.

Fred – Ta mère ?

Clara – Ma mère... Tu vas sortir comme ça ?

Fred – C'est un enterrement de vie de garçon, pas un entretien d'embauche. Et toi, tu vas sortir comme ça ?

Clara – Tant que tu ne vas pas dans cette tenue à la mairie... parce que là, je ne suis pas sûre de dire oui.

Fred – Même en smoking, jusqu'à la dernière minute, j'aurais toujours peur que tu dises non.

Clara l'enlace tendrement.

Clara – Je plaisante... Tu sais bien que même en bermuda et en tongs, je t'épouserais sans hésiter.

Fred – Je me demande encore pourquoi.

Clara – Peut-être parce que je t'aime, tout simplement.

Fred – Un ex-comédien au chômage...

Clara – Tu n'es pas au chômage, tu es agent immobilier.

Fred – Agent immobilier free lance, et sans aucun client pour l'instant.

Clara – Ça va venir. J'ai confiance en toi.

Fred – Merci.

Clara – Et toi ? Tu es sûr de vouloir passer le restant de ta vie avec une pharmacienne ? Tu aurais peut-être préféré rester saltimbanque et collectionner les maîtresses, comme ton copain Max.

Fred – Saltimbanque... J'ai l'impression d'entendre ta mère.

Clara – C'était du deuxième degré...

Fred – C'est vrai que médecin, c'est quand même plus sérieux que saltimbanque... ou même agent immobilier.

Clara – La pharmacie, tu sais, c'est plus proche de l'épicerie que de la médecine.

Fred – C'est une vocation, non ?

Clara – Oui, si on veut... Petite, je jouais à la marchande. Je vendais des boutons de culottes. Comme mes parents ne m'auraient jamais laissée tenir une mercerie, j'ai fait des études de pharmacie, comme eux.

Fred – Et aujourd'hui ils te laissent la boutique. Avec l'appartement qu'il y a au-dessus.

Clara – Au moins, on n'a pas de loyer à payer. On est chez nous.

Fred – Chez nous... Je dirais plutôt chez toi.

Clara – Ce sera plus pratique pour moi. J'aurai juste l'escalier à descendre pour aller travailler.

Fred – Oui... D'ailleurs, c'est incroyable, même ici on sent cette odeur de pharmacie.

Clara – J'ai vécu avec ça toute ma vie, je ne le remarque même plus. Mais si ça te dérange, on pourra toujours déménager dans quelques années.

Fred – Remarque, c'est plutôt une odeur rassurante. Habiter au-dessus d'une pharmacie... J'ai l'impression que ça va repousser tous les microbes. Et que rien de grave ne peut m'arriver. *(Il l'embrasse)* Et ta mère, qu'est-ce qu'elle voulait ?

Clara – S'assurer que mon enterrement de vie de jeune fille ne finirait pas au commissariat ou à l'hôpital.

Fred – Toujours aussi optimistes, tes parents.

Clara – Écoute, pour le mariage aussi, ils se sont occupés de tout, on ne va pas leur en vouloir.

Fred – Oui, et ils ont tout payé.

Clara – C'est la tradition, les parents de la mariée payent le mariage. Ça remplace la dot...

Fred – Enfin... ils ne se sont pas trop ruinés non plus. On peut dire que c'est un mariage dans la plus stricte intimité.

Clara – Habituellement, c'est plutôt une expression qu'on utilise pour les enterrements. Pour les mariages, je crois qu'on dit entre deux témoins. Mais c'est ce qu'on voulait, non ?

Fred – En tout cas, c'est ce que voulaient tes parents. Ils n'ont même pas invité leur propre famille. Et comme c'est eux qui payent, je n'ai pas osé inviter la mienne...

Clara – Arrête... Tu es fâché avec toute ta famille. C'est plutôt pour ça que tu ne les as pas invités, non ?

Fred – Tes parents ne doivent pas miser grand chose sur ce mariage.

Clara – Au moins, tu n'auras pas à les supporter tous les jours. Maintenant qu'ils sont à la retraite, ils habitent à 100 kilomètres d'ici.

Fred – Tu as raison.

Clara – On pourra toujours aller les voir le week-end. Ça nous fera une maison de campagne.

Fred – Quand tu dis le week-end... Tu veux dire tous les week-ends ?

Clara – Disons un week-end sur deux, alors. Bon, il faut que j'aille m'habiller, moi.

Fred – Et moi je dois passer à l'agence de voyage pour retirer nos billets pour Venise. Je ne savais même pas que ça existait encore, les agences de voyage...

Clara – Le voyage de noces aussi, c'est un cadeau de mes parents... Et ils ne sont pas très branchés internet.

Ils sortent.

Arrivent Max et Zoé. Max a un paquet cadeau à la main.

Max – Ils ne sont pas là ?

Zoé – Clara m'a laissé un message. Elle finit de se préparer.

Max pose le paquet.

Max – Et Fred ?

Zoé – Je ne sais pas... Elle m'a dit de les attendre ici.

Max – Et tu as les clés de chez eux...?

Zoé – Elle m'a demandé d'arroser les plantes pendant leur voyages de noces.

Max – Si on peut leur rendre service... Parce que pour le cadeau de mariage, on ne s'est pas foulés. Un service à raclette... On est les témoins, quand même...

Zoé – Oui, mais on n'a pas les moyens de faire plus en ce moment...

Max – Combien ?

Zoé – Vingt euros.

Max – Vingt euros ?

Zoé – C'était le modèle d'exposition. Ils m'ont fait 50%.

Max – Je comprends ça... En plein été, les services à raclette, ça ne doit pas se vendre beaucoup...

Zoé – Moins cher, il n'y avait qu'un ticket de loto.

Max – Tu rigoles, mais j'avais l'habitude de jouer au loto avec Max, quand on était au Cours Florent.

Zoé – Vous ne deviez pas miser beaucoup sur votre carrière de comédiens...

Max – On se disait que si on gagnait, on achèterait un théâtre, et on pourrait faire ce qu'on voudrait...

Zoé – Mais vous n'avez jamais touché le gros lot...

Max – On jouait le même numéro, toutes les semaines. Nos dates de naissance.

Zoé – Vous jouez toujours ?

Max – Maintenant qu'il est avec Clara, on ne se voit plus beaucoup... Peut-être qu'il continue à jouer tout seul.

Zoé – Il n'est pas trop tard pour lui acheter un ticket.

Max – En même temps, tu sais ce qu'on dit : heureux au jeu, malheureux en amour.

Zoé – Ah oui, c'est vrai. On dit ça... Enfin, pas les gens de notre génération, en général.

Max – Offrir un ticket de loto, je ne sais pas si c'est très approprié pour un mariage.

Zoé – Pourquoi pas ? Comme ils sont à peu près sûrs de perdre... Malheureux au jeu, heureux en amour.

Max – Ah, oui, c'est vrai, ça marche aussi dans l'autre sens...

Zoé – Et toi ? Tu préfères être heureux au jeu ou heureux en amour ?

Max – Je sais pas... On dit que l'argent ne fait pas le bonheur, mais...

Zoé – Tu en as encore beaucoup, des proverbes à la con comme ça ?

Max – En tout cas, je trouve qu'ils ne vont pas bien ensemble.

Zoé – Quoi ?

Max – C'est un drôle de couple, non ? Lui comédien, elle pharmacienne.

Zoé – Je croyais que maintenant, il était dans l'immobilier.

Max – C'est dommage, c'était un bon comédien. Agent immobilier...

Zoé – Il n'y a pas de sot métier... Putain, ça y est, tu m'as contaminée. Moi aussi je me mets à parler avec des phrases toutes faites...

Max – Franchement... Tu crois vraiment qu'on devient agent immobilier par vocation ?

Zoé – Pourquoi pas ?

Max – C'est le seul boulot qu'on peut faire sans aucun diplôme, voilà pourquoi !

Zoé – Ouais... Comédien aussi, remarque...

Max – Non... Il l'épouse pour son fric, c'est évident.

Zoé – Et elle, pourquoi tu crois qu'elle se marie avec lui ?

Max – Parce qu'il est beau, comme moi. Mais quand il aura quelques années de plus...

Zoé – D'accord... Je te rappelle qu'on est leurs témoins, quand même...

Max – Justement ! Si on pense qu'ils font une connerie, on est là pour les dissuader de se marier, non ?

Zoé – Je crois que tu n'as pas bien compris le rôle d'un témoin dans un mariage... Bon, je vais voir ce que fait Clara... Mais si tu veux bien, évite ce genre de propos devant eux, d'accord ?

Elle sort. Max regarde son portable.

Fred arrive.

Fred – Salut Max.

Max – Salut Fred.

Ils se font la bise.

Fred – Alors ? Tu ne m'as pas préparé un guet-apens, au moins ? Il faut quand même que je sois à peu près opérationnel pour demain...

Max – Ne t'inquiète pas. On va juste retrouver des copains et vider quelques verres...

Fred – Ça me fait plaisir que tu sois là.

Max – C'est vrai qu'on ne se voit plus très souvent.

Fred – Ouais... C'était quand la dernière fois ?

Max – Je ne sais plus très bien...

Fred – Ah si, c'était l'année dernière. On a passé le réveillon ensemble, tu te souviens ? Les parents de Clara nous avaient laissé leur maison en Normandie.

Max – Oui, peut-être.

Fred – On avait tous pas mal picolé...

Max – Oui.

Fred – Alors il faut que je me marie pour qu'on aille prendre un verre ensemble...?

Max – Depuis que tu n'es plus comédien, et que tu portes un costard...

Fred – Ah, pas ce soir, tu as remarqué.

Max – Ça marche, l'immobilier ?

Fred – Pour l'instant, c'est plutôt calme. Je débute. Il faut que je me fasse une clientèle.

Max – Si c'est pour être au chômage, autant rester comédien...

Fred – Merci pour tes encouragements...

Max – Tu es sûr que tu ne fais pas une connerie ?

Fred – Une connerie ? Si, maintenant que tu me le dis, tu as raison... J'aurais mieux fait de choisir un autre témoin...

Max – Ouais... C'est justement ce que me disait Zoé.

Fred – Et toi ? Tu es sur des trucs intéressants, en ce moment ?

Max – On parle toujours de boulot, là ?

Fred – Évidemment. Tu es marié, maintenant...

Max – Je viens de faire un casting pour un premier rôle, j'attends les résultats.

Fred – C'est pour quoi ?

Max – Tant que ce n'est pas fait, je préfère ne pas en parler, ça va me porter la poisse.

Fred – Toujours aussi superstitieux... Je vais jusqu'au tabac, tu m'accompagnes ?

Max – Tu fumes, maintenant ?

Ils sortent.

Zoé revient avec Clara. Cette dernière est maintenant habillée pour sortir, dans une tenue plutôt sexy.

Zoé – Tu es vraiment sûre de vouloir sortir en boîte comme ça ? Tu vas déclencher une émeute...

Clara – Je me marie, je ne vais pas rentrer au couvent.

Zoé – Bon, alors je serai ton garde du corps.

Clara – J'aimerais être sûre que nos hommes seront aussi raisonnables que nous...

Zoé – Oui, moi aussi... Enfin, c'est surtout pour Max que je dis ça...

Clara – Tu as des raisons de t'inquiéter ?

Zoé – Je ne sais pas... Les hommes, tu sais... Tu fais entièrement confiance à Fred, toi ?

Clara – C'est sa dernière soirée de célibataire. Je ne vais pas l'empêcher de s'amuser un peu...

Zoé – C'est sûr qu'après, il ne va pas rigoler beaucoup... Avec une fille comme toi... Tu te souviens de nos vacances en Corse, juste après le bac ?

Elles rient.

Clara – Tu sais qu'une meilleure amie, c'est comme un avocat ou un confesseur. Tu es tenue au secret...

Zoé – Et toi ? Tu n'as jamais trompé Fred ?

Clara – Tromper, c'est seulement quand on est mariés, non ? Avant ça ne compte pas.

Zoé – Donc tu l'as trompé !

Clara – Je n'ai pas dit ça...

Zoé – Bien sûr.

Clara – Et toi ?

Zoé – Pas depuis qu'on est mariés...

Clara – Je vois...

Zoé – Et puis il faudrait encore s'entendre sur ce qu'on appelle tromper.

Elles rient à nouveau.

Clara *(apercevant le paquet)* C'est quoi, ça ?

Zoé – Oh, c'est juste un petit cadeau...

Clara – Il ne fallait pas. Je sais que ce n'est pas très facile pour vous en ce moment...

Zoé – Ne t'inquiète pas, on ne s'est pas ruinés...

Clara *(parlant de sa tenue)* – Tu trouves vraiment que c'est trop...

Zoé – Non, mais puisque tu as mis la barre assez haut, je vais repasser par chez moi pour changer de tenue. Tu passes me prendre tout à l'heure ?

Clara – OK... J'ai encore quelques problèmes à régler pour demain...

Zoé – À tout à l'heure...

Zoé sort. Clara se repasse un coup de rouge à lèvres.

Max revient.

Max – Salut...

Clara semble étonnée et un peu embarrassée.

Clara – Salut Max... Tu n'as pas croisé Zoé ? Elle vient de partir...

Max – J'ai dû la louper.

Clara – Je te croyais avec Fred...

Max – Oui, mais... il devait repasser à l'agence de voyage. Il m'a dit qu'il en avait pour une heure, à peu près.

Il jette un regard sur la pièce.

Clara – Tu as oublié quelque chose ?

Max – Oui... Mon portable... *(Au même moment son portable sonne dans sa poche)* Ah, je suis bête, il était dans ma poche.

Clara – Tu ne réponds pas ?

Max – Ça doit être Zoé.

Clara – Et donc, tu ne réponds pas...

Max – Je la rejoindrai à la maison tout à l'heure, ça ne presse pas. Et toi ?

Clara – Moi ?

Max – Tu es pressée ?

Clara – Je me marie demain alors... non, j'ai toute la vie devant moi.

Il la déshabille du regard.

Max – Tu es vraiment ravissante...

Clara – Merci...

Silence embarrassé.

Max – Écoute, à propos de ce qui s'est passé entre nous le soir du réveillon...

Clara – Si tu permets, je préfère ne pas en reparler. Ce n'est vraiment pas le moment.

Max – Bien sûr...

Clara – Tu ne lui as pas dit ?

Max – Non, évidemment.

Clara – Avant le mariage, ça ne compte pas, non ?

Max – Bien sûr.

Clara – C'est justement ce que me disait Zoé.

Max – Elle t'a dit ça...?

Clara – Non, enfin... Ça ne voulait pas dire que... Elle disait ça en général...

Max – Non, non, mais elle a raison... Tant qu'on ne s'est pas juré fidélité...

Clara – Voilà...

Max – En même temps...

Clara – Quoi ?

Max – Tu ne te maries que demain.

Clara – C'est vrai...

Ils se jettent l'un contre l'autre.

Max – Avant le mariage, ce n'est pas vraiment tromper.

Il l'embrasse.

Clara – Mais toi, tu es marié.

Max – Ne t'inquiète pas, je le prends sur moi.

Ils s'embrassent à nouveau, fougueusement.

Clara – Mais c'est la dernière fois, on est bien d'accord ?

Max – Évidemment...

Ils se laissent tomber tous les deux sur le canapé.

Noir.

Max et Fred reviennent.

Max – Tu vois, on a été raisonnables...

Fred – Oui... Ça m'étonne de toi. Je serais presque déçu...

Max – Si tu veux, on y retourne.

Fred – Non, je déconne, on doit se lever tôt demain...

Max – Apparemment, elles ne sont pas encore rentrées...

Fred – Non.

Max – Elles allaient où ?

Fred – En boîte, je crois.

Max – En boîte... Et tu n'es pas inquiet ? Même un peu...

Fred – J'ai confiance en elle... Tu n'as pas confiance en Zoé ?

Max – Si, si, bien sûr, mais... un petit dérapage, ça peut arriver, non ?

Fred – Après dix ans de mariage, peut-être... Mais on se marie demain ! Tu imagines une femme tromper son mec la veille de leur mariage ?

Max – Non, évidemment... Je rêve ou on sent une odeur de médicaments ? Un peu comme dans les maisons de vieux, tu sais ? Chez ma grand-mère, ça sent comme ça...

Fred – La pharmacie est juste en dessous.

Max – Ah oui, on ne risque pas de l'oublier. Et ça ne te dérange pas ?

Fred – Il va bien falloir que je m'y fasse.

Max – En même temps, cette odeur de pharmacie... c'est l'odeur de l'argent, non ?

Fred – Tu es vraiment lourd, Max...

Max – Excuse-moi, je dois être un peu bourré quand même.

Fred – On a bien fait de ne pas s'attarder. C'était vraiment déprimant, cette soirée.

Max – C'est le principe des enterrements de vie de garçon. Pour que tu n'aies rien à regretter. Mais on peut toujours s'en jeter un dernier ici.

Fred – Pour moi, ce sera une tisane, plutôt. Demain, il faut que je sois en forme.

Max – Tu as raison, moi aussi.

Fred – Verveine ? Camomille ?

Max – Finalement je ne vais rien prendre. À moins que tu n'aies un peu d'arsenic.

Fred – Il doit y en avoir en bas, tu veux que j'aille voir ?

Max – Ne te dérange pas.

Silence.

Fred – Même toi, je t'ai trouvé un peu éteint. Avant tu tirais sur tout ce qui bouge.

Max – Qu'est-ce que tu veux ? Je suis un homme marié, maintenant...

Fred – Tu n'as pas toujours dit ça.

Max – Peut-être que j'ai passé l'âge, moi aussi. On ne rajeunit pas.

Fred – Eh oui... On s'est connus au Cours Florent. On rêvait de devenir des vedettes...

Max – Je n'ai pas encore renoncé... En attendant, je fais le métier dont je rêvais. Au moins je sais pourquoi je me lève le matin. Et toi ?

Fred – Je ne vais pas te dire que je rêvais d'être agent immobilier, mais bon... Les figurations, les petits rôles, les publicités... Ça ne me fait plus trop rêver non plus.

Max – Il reste le théâtre...

Fred – Traverser la France en train pour une représentation en Alsace, et recommencer le lendemain pour jouer en Bretagne. Le festival d'Avignon entassés à cinq dans un studio sans climatisation. Ce n'est plus de mon âge, tout ça.

Max – Il y a aussi des bons côtés... On est avec les copains.

Fred – Et avec les copines...

Max – Même ça, ça ne te manque pas ?

Fred – Je vais me marier, Max. Même si les parents de Clara nous laissent leur maison, il faut bien que j'assure un peu. Comédien, ce n'est pas un boulot pour un homme marié.

Max – C'est pour moi que tu dis ça ?

Fred – Je ne sais pas... Zoé, qu'est-ce qu'elle en pense ?

Max – Elle est prof, alors... au début, d'avoir un mec comédien, ça l'amusait plutôt. Mais comme le plus souvent je ne peux pas participer au loyer, elle commence à tirer la tronche... Oui parce que figure-toi, nous on a un loyer à payer.

Fred – Justement, je ne veux pas vivre aux crochets de Clara. Ou de ses parents... Comme je n'ai aucune formation, il ne me restait qu'agent immobilier. Au moins, je n'ai personne sur le dos, et je peux utiliser mes talents de comédien pour baratiner les clients.

Max – En tout cas, c'est dommage qu'on ne se voit plus. Il y a une époque où on était inséparables, non ?

Fred – Qu'est-ce que tu veux...? On n'a plus la même vie.

Max – Ouais...

Fred – On pourra toujours se faire un barbecue le week-end, de temps en temps.

Max – Tu es sûr que tu ne fais pas une connerie ?

Fred – C'est la deuxième fois aujourd'hui que tu me demandes ça. Je pourrais finir par le prendre mal...

Max – Excuse-moi.

Fred – Je me marie dans quelques heures. C'est un peu tard pour ce genre de questions.

Max – Tu ne l'épouses pas pour son argent, au moins ?

Fred – Mais enfin, Max, je l'aime ! Tu ne peux pas comprendre ça ? Si elle a de l'argent, tant mieux... Et puis c'est vrai, j'en ai marre de galérer.

Max – Donc, tu l'épouses pour son argent.

Fred – Je l'épouse pour avoir une certaine stabilité. Pour fonder une famille.

Max – Ouais... *(Silence)* Je te propose un petit jeu. Imagine que tu gagnes au loto, là, tout de suite. Tu l'épouses ou pas ?

Fred – C'est une question à la con...

Max – Tu as dix ou vingt millions en poche, tu peux faire ce que tu veux de ta vie. Tu peux tout acheter. Tu l'épouses, oui ou non ?

Fred – Évidemment, que je l'épouse !

Max – Je ne te crois pas.

Fred – Excuse-moi, Max, mais on n'est plus des gamins. Je ne sais pas si je fais le bon choix, mais moi j'ai du mal à t'imaginer dans dix ou vingt ans, à courir encore le cachet pour boucler ton intermittence, avec des troisièmes rôles dans des séries télé que plus personne ne regarde, des spectacles pour enfants complètement débiles ou des animations dans des maisons de retraite...

Max – Ouais... C'est peut-être toi qui as raison...

Fred – Alors à moi de te donner un conseil que tu n'es pas obligé de suivre. Tu as la chance d'avoir une femme qui t'aime, essaie de la garder.

Max – OK.

Fred – Sur ce, je vais me coucher.

Max – Moi aussi... Mais tu ne pourras pas dire que je ne t'avais pas prévenu... *(Fred lui lance un regard noir)* Remarque, la pharmacie est juste en dessous. Au moins, tu ne manqueras jamais d'anti-dépresseurs. Et si un jour tu veux te suicider...

Fred – Merci pour tes encouragements, Fred.

Max – Quand on peut rendre service.

Fred – En tout cas, si je me remarie un jour, fais-moi penser à ne pas reprendre le même témoin.

Ils sortent.

Zoé et Clara rentrent à leur tour.

Zoé – Au moins, on est rentrées après eux...

Clara – Oui, ç'aurait été la honte.

Zoé – Si je ne t'avais pas arrachée des bras de ce bel Italien, à l'heure qu'il est, tu serais dans son lit.

Clara – N'exagère pas...

Zoé – Avoue qu'il était pas mal, non ? Le prototype du latin lover... Il a même proposé de nous ramener dans sa Ferrari.

Clara – Sa Ferrari, tu es sûre ? Je n'ai pas entendu ça...

Zoé – Moi, les voitures... C'était un nom un i... Ou en o, je ne sais plus.

Clara – Ça devait être une Fiat Uno.

Zoé – Avec les hommes, c'est souvent ça. Tu te vois assise à côté de lui dans une Ferrari, et le plus souvent tu finis allongée sur le siège arrière d'une Fiat Uno.

Clara – Tout ça, c'est fini pour moi.

Zoé – Tu es sûre de ne rien regretter ?

Clara – Je crois que j'ai fait le tour des genres de mecs qu'on peut trouver en discothèque. J'ai envie de construire quelque chose. De fonder une famille.

Zoé – Et tu es sûre que c'est le bon ?

Clara – Tu n'étais pas sûre que c'était le bon, toi, quand tu as épousé Max ?

Zoé – Si... À ce moment-là, j'en étais sûre...

Clara – Et maintenant ?

Zoé – Disons que... Il y a des hauts... et pas mal de bas.

Clara – Je vois.

Zoé – Il n'a pas dû comprendre le concept de l'enterrement de vie de garçon. Avec les femmes, il continue à se comporter exactement comme avant.

Clara – Tu penses qu'il te trompe ?

Zoé – Je n'en ai pas la preuve. Mais avec son métier, il est souvent parti. Les occasions ne manquent pas. Le mariage, ce n'est pas un long fleuve tranquille, tu sais. Mais tu te maries demain, je ne veux pas te décourager.

Clara – Fred ne sera pas comme ça. Il a vraiment envie d'autre chose...

Zoé – En tout cas, lui, il a su se ranger.

Clara – Oui... J'espère qu'il ne me le reprochera pas un jour...

Zoé – Allez, au lit. Demain c'est le grand jour.

Noir

Jour 2

Max arrive. Il est en train de pianoter quelque chose sur son portable. Zoé entre à son tour. Il s'interrompt, comme pris en faute.

Zoé – Tu peux continuer, hein ? J'ai l'habitude...

Max – Non, non, c'était... une copine. Elle voulait que je lui donne la réplique pour un casting. Je lui ai dit qu'aujourd'hui, ce n'était pas possible.

Zoé – Bien sûr... Et Fred, ça va ? Tu ne l'as pas fait trop boire, au moins ?

Max pose son portable.

Max – On a été sages comme des images. D'ailleurs, on est rentrés avant vous...

Zoé – Je te rassure, on s'est emmerdées aussi. Quelle tradition débile, ces enterrements de vie de garçons, et de jeunes filles...

Max – Et vous ? Vous n'avez pas fait de bêtises ?

Zoé – Je me suis fait draguer par un Italien. Il nous a ramenées dans sa Ferrari.

Max – Ah oui ?

Zoé – Ça t'étonne ? Je peux encore plaire moi aussi, tu sais.

Max – Mais j'en suis sûr.

Un temps.

Zoé – Je te dis que je me suis fait draguer par un Italien, et c'est tout ce que tu trouves à dire.

Max – Je ne sais pas... Tu es sûre que c'était une Ferrari ?

Zoé – Pauvre type...

Max – Je vais voir si Fred n'a pas une aspirine, parce que j'ai quand même un peu mal aux cheveux...

Zoé – Ce serait bien le diable si tu ne trouves pas une aspirine dans la maison d'une pharmacienne.

Max – Tu sais ce qu'on dit, c'est toujours les cordonniers les plus mal chaussés.

Zoé lui lance un regard navré. Max sort en oubliant son portable. Elle hésite, saisit le téléphone, tape un code et consulte les messages. Ce qu'elle voit ne semble pas lui plaire.

Clara arrive, en robe de mariée. Zoé cache le téléphone de Max qu'elle a dans la main.

Clara – J'ai fait une petite retouche, ça baillait un peu au niveau du décolleté... Qu'est-ce que tu en penses ?

Zoé – Elle est magnifique... Et toi aussi ! Alors c'est le grand jour...

Clara – Oui... C'est le grand jour... Tout le monde me répète ça depuis hier. J'ai l'impression que je vais subir une opération de la dernière chance, genre greffe du cœur ou quelque chose comme ça.

Zoé – Ah oui... À ce point-là...

Clara – Je suis un peu sur les nerfs, évidemment. Et j'ai l'impression que cette robe ne me va pas du tout...

Zoé – Tu plaisantes ? Elle te va comme un gant.

Clara – Tu es sûre ?

Zoé – Mais oui !

Clara – Tu étais dans cet état-là, toi aussi, le jour de ton mariage ?

Zoé – Je ne devrais pas te le dire, mais j'ai failli m'enfuir juste avant la cérémonie. J'avais déjà commandé un Uber.

Clara – Non ?

Zoé – Mais non, évidemment ! Et puis en Uber, je n'aurais pas pu aller bien loin. On m'aurait vite retrouvée...

Clara – À t'entendre, on pourrait croire que c'était un mariage forcé...

Zoé – Non, évidemment, mais pour être sincère, je ne sais pas trop pourquoi on s'est mariés, avec Max. Je crois que c'était surtout pour faire la fête avec les amis.

Clara – Et la fête est finie...

Zoé – Je ne sais pas pourquoi je te dis ça... Le jour de ton mariage... C'est horrible...

Clara – Ne t'inquiète pas, on a tous un peu picolé hier soir. On raconte n'importe quoi.

Zoé – Tu as raison. Vous serez très heureux, avec Fred. Et vous formez un si beau couple.

Clara – Tu le penses vraiment ?

Zoé – C'est ce que me disait encore Max tout à l'heure...

Clara – Il a dit ça...?

Fred arrive avec Max, et voit la robe.

Fred – Waouh... Une vraie princesse.

Max – Oui... Mais normalement, le marié ne doit pas voir la robe avant le mariage...

Fred – Ah, oui ?

Max – C'est ce qu'on dit. Sinon ça porte malheur.

Zoé – Tu peux lui faire confiance, c'est un spécialiste des dictons populaires.

Clara – Et ça vient d'où, cette superstition ?

Max – Ça date de l'époque des mariages arrangés. Le futur époux ne devait voir ni la robe ni la fiancée avant le mariage, de crainte qu'il ne puisse changer d'avis en voyant sa future femme.

Fred – Heureusement, maintenant, on voit la mariée avant. Et même de très près.

Max – Ouais... Il ne peut pas y avoir de tromperie sur la marchandise...

Zoé – Malheureusement, c'est souvent après le mariage qu'on découvre le vrai visage de son conjoint.

Max – Eh oui, l'amour est aveugle...

Zoé – Et le mariage lui rend la vue.

Fred – Bon, alors on vous laisse. Viens, Max, je vais te montrer mon costume. Tu me diras s'il me va bien...

Max – Pour rien au monde, je ne voudrais manquer ça...

Fred et Max sortent.

Clara – J'ai l'impression qu'il y a de l'eau dans le gaz avec Max, non...?

Zoé – De l'eau dans le gaz ? Tu ne vas pas t'y mettre toi aussi avec ces expressions qui sentent la naphtaline.

Clara – Ouh la... C'est si grave que ça ?

Zoé – Je viens de regarder son portable. Cette fois, j'en suis certaine, il me trompe.

Clara – Tu es vraiment sûre ?

Zoé lui montre le portable de Max qu'elle a dans la main.

Zoé – Lis toi-même : Pour une dernière fois, c'était un feu d'artifice. Le bouquet final. Tu vas me manquer...

Clara – Tu regardes son portable ?

Zoé – Ben oui, évidemment.

Clara – Il n'a pas de code secret ?

Zoé – C'est sa date de naissance.

Clara – Ah oui...

Zoé – Tu verras, toi aussi, après quelques mois de mariage, tu regarderas son portable.

Clara – La bonne nouvelle, d'après son message, c'est qu'il vient de rompre. Il parle de bouquet final...

Zoé – Oui... Et c'est supposé me rassurer ?

Clara – Qu'est-ce que tu vas faire ? Tu vas divorcer ?

Zoé – Qu'est-ce que tu ferais à ma place ?

Clara – Je ne sais pas... Je me marie aujourd'hui, alors je ne suis pas encore spécialiste en matière de divorce.

Zoé – Tu as raison, je ne devrais pas te parler de ça, aujourd'hui...

Clara – C'est peut-être juste un dérapage...

Zoé – Ouais... Mais avec moi, il n'a jamais parlé de feu d'artifice...

Clara *(ailleurs)* – Je vais reprendre encore un peu ce décolleté...

Clara sort.

Max revient, semblant chercher quelque chose.

Zoé *(lui tendant le téléphone)* – C'est ça que tu cherches ?

Max *(prenant le téléphone, embarrassé)* – Oui, merci... *(Silence pesant)* Tu leur as donné le cadeau...?

Zoé – Je sais tout, Max.

Max – Tout...?

Zoé – Au sujet de ce feu d'artifice. Tu sais ? Le bouquet final...

Max – Tu as fouillé dans mon portable ?

Zoé – C'est tout ce que tu trouves à dire ?

Max – Désolé, je...

Zoé – On reparlera de ça après le mariage. On ne va pas leur faire faux bond maintenant. On peut bien jouer la comédie encore un jour ou deux.

Max – Comme tu voudras.

Zoé – Donc, tu ne nies même pas...

Max – Si, bien sûr...

Zoé – Un feu d'artifice...?

Max – C'est une expression toute faite, tu me connais.

Zoé – Oui, malheureusement...

Max – Tu connais aussi mon code secret, apparemment ?

Zoé – C'est ta date de naissance ! Comme pour les billets de loto. Tu pourrais au moins avoir un peu d'imagination !

Max – Je ne sais pas quoi te dire...

Zoé – Je la connais ?

Max – Qui ?

Zoé – Ne te fous pas de moi, en plus.

Max – Non, tu ne la connais pas...

Zoé – J'imagine que si je la connaissais, tu ne me le dirais pas.

Max – Non, probablement pas. Mais tu ne la connais pas, je t'assure.

Zoé – Bien sûr.

Max – Écoute Zoé... C'est Fred, voilà.

Zoé – Fred ?

Max – Fred.

Zoé – Tu couches avec Fred ?

Max – Mais non... Qu'est-ce que tu vas chercher... Je parlais de... notre dernière soirée ensemble.

Zoé – Tu te fous de moi...

Max – Mais pas du tout.

Zoé *(récitant de mémoire)* – Pour une dernière fois, c'était un feu d'artifice. On peut même parler de bouquet final. Tu vas me manquer... C'est à Fred que tu as écrit ça ?

Max – Pourquoi pas ?

Zoé – Non mais... c'est une déclaration d'amour.

Max – Entre copains aussi, il peut y avoir des relations très fortes, tu sais. Vous les filles... vous n'avez pas le monopole du cœur...

Zoé – Fais voir ton portable.

Max – Pour quoi faire ?

Zoé – Je veux vérifier le numéro. Pour savoir si c'est bien à Fred que tu as envoyé ça.

Il pianote sur son portable, paniqué.

Max – Désolé, j'ai... J'ai effacé le message sans faire exprès.

Zoé – D'accord... Tu me prends vraiment pour une conne.

Max – Mais pas du tout...

Il consulte toujours l'écran de son portable.

Zoé – Tu pourrais au moins attendre que je ne sois pas là pour lui répondre. *(Il semble fasciné par ce qu'il voit sur son écran)* Oh, je te parle !

Max – Ce n'est pas du tout ce que tu crois, je t'assure.

Zoé – Ah oui ?

Max – C'est... C'est au sujet de ce numéro qu'on avait l'habitude de jouer ensemble avec Fred.

Zoé – Quel numéro ?

Max – Nos dates de naissance ! Tu sais bien...

Zoé – Et ?

Max – Je voulais vérifier encore une fois, pour être sûr... *(Il regarde l'écran)* Le numéro est sorti hier soir !

Zoé – C'est tout ce que tu as trouvé pour détourner l'attention ? C'est vraiment pathétique...

Max lui montre l'écran de son portable.

Max – Regarde ! Les résultats de la Super Cagnotte. C'est nos dates de naissance...

Zoé regarde.

Zoé – Tu es sûr ?

Max – J'ai vérifié. Cinq numéros et le complémentaire...

Zoé – C'est dingue...

Max – Oui, c'est incroyable.

Zoé – Ce n'est pas une blague ?

Max – Pourquoi j'irais inventer une histoire pareille ?

Zoé – Combien ?

Max – 10 millions.

Zoé – Non ? 10 millions ?

Il lui tend à nouveau son portable.

Max – Regarde, c'est marqué là !

Zoé – Oui... *(Un temps)* Mais tu n'as pas joué ?

Max – Non, malheureusement. Mais lui, il a peut-être joué...

Zoé – Va savoir... *(Songeuse)* 10 millions...

Max – Il faudrait lui demander.

Zoé *(revenant à la réalité)* – Ouais... Mais là, ce n'est pas trop le moment, non ?

Max – Ah bon ? Et ce sera quand le bon moment ?

Zoé – Je ne sais pas... Après le mariage...

Fred arrive. Les deux autres s'interrompent brusquement et se figent.

Fred – Vous en faites une tête... Ça va ?

Max – Très bien et toi ?

Fred – Vous allez rire, mais je ne sais pas ce que j'ai fait des alliances...

Zoé *(ailleurs)* – Non...?

Fred – Dans une petite boîte rouge avec... Vous ne l'auriez pas vue, par hasard ?

Max – Non...

Fred – Elles étaient dans ma poche quand on est sortis hier soir, j'espère qu'on ne me les a pas volées....

Zoé – Oui...

Fred – Ah non, ça me revient. Elles sont dans le tiroir de ma table de nuit. *(Voyant leurs têtes)* Non, mais ce n'est pas si grave... Enfin, je veux dire... Vous êtes sûrs que ça va ?

Zoé – Super...

Fred – Bon ben... Je vais les chercher, alors...

Fred sort.

Max – Il faut lui dire ! S'il a gagné 10 millions d'euros, il a le droit de le savoir.

Zoé – S'il a vraiment gagné, il finira bien par s'en rendre compte lui-même... On n'est pas à deux heures près, non ? On lui dira après le mariage.

Max – Pourquoi après ?

Zoé – Mais parce que ça va être un choc ! Ça va tout gâcher.

Max – Tout gâcher ? Gagner 10 millions d'euros ?

Zoé – Un mariage, c'est un moment unique. Il s'agit d'amour, pas d'argent.

Max – Eh ben moi, si j'avais gagné 10 millions, je voudrais le savoir tout de suite.

Zoé – Tu n'es même pas sûr qu'il a fait une grille ! Et encore moins qu'il a joué ces numéros-là !

Max – Hier, il est allé au tabac, alors qu'il ne fume pas. C'était peut-être pour faire son loto.

Zoé – La veille de son mariage ?

Max – Pourquoi pas ?

Zoé – Admettons qu'il ait joué. On lui dira après, ce sera son cadeau de mariage.

Max – C'est mieux qu'un service à raclette, c'est sûr.

Zoé – Pourquoi ça te semble tellement urgent de lui dire avant ?

Max – Mais parce que ça change tout !

Zoé – Tout ?

Max – C'est lui qui a joué, pas Clara. C'est lui qui a gagné 10 millions.

Zoé – Tu veux dire que Fred pourrait décider de ne plus se marier ?

Max – C'est à lui de décider. Mais ça peut faire réfléchir, non ?

Zoé – Ah oui ? Réfléchir à quoi ?

Max – Je ne sais pas.

Zoé – Alors toi, si tu avais gagné au loto avant notre mariage, tu ne m'aurais pas épousée ?

Max – Je n'ai pas dit ça...

Zoé – Décidément, Max, tu me déçois. Tu me déçois beaucoup...

Fred arrive.

Fred – Ça y est, j'ai retrouvé les alliances...

Max – Tant mieux...

Fred perçoit le malaise qui subsiste.

Fred – Je vous assure que vous avez l'air bizarres. C'est un mariage, pas un enterrement...

Zoé – Non, non, tout va bien, je t'assure.

Fred – Vous vous êtes encore disputés, c'est ça ?

Max – Disons que... Il y a un truc sur lequel... on n'est pas d'accord.

Fred – OK... Tu veux m'en parler ?

Zoé – Ce n'est vraiment pas le moment, Max.

Max – C'est au sujet d'un de nos copains qui s'apprête à partir pour faire le voyage de sa vie.

Fred – Un peu comme moi, quoi... On ne va qu'à Venise, mais bon...

Max – Et... juste avant, il avait fait une coloscopie.

Fred – Une coloscopie...?

Zoé aussi a l'air effarée.

Max – C'est sa femme qui a ouvert l'enveloppe avec les résultats, et... les résultats ne sont pas bons.

Fred – Je vois...

Max – Bref, il n'y a plus rien à faire. Le mec, il en a pour un an tout au plus...

Fred – Ah merde. Heureusement que je n'ai pas fait de coloscopie avant de partir en voyage de noces, parce que sinon, tu me foutrais un peu les jetons.

Max – Ouais, je suis désolé.

Fred – Et en quoi vous n'êtes pas d'accord, avec Zoé...?

Max – Eh ben... Elle pense que sa femme devrait lui cacher les résultats jusqu'à son retour de voyage. Pour qu'il en profite bien, tu comprends ?

Fred – Euh, ouais... Et toi ?

Max – Moi je pense qu'il faut lui dire tout de suite. Il a le droit de savoir la vérité quand même. Qu'est-ce que tu en penses ?

Fred – Moi je serais plutôt de l'avis de Zoé, tu vois. Si le mec, il peut garder un peu d'insouciance pendant encore un mois. Et bien profiter de son voyage.

Max – D'un autre côté, le mec, s'il sait que c'est son dernier voyage, il pourrait peut-être mieux en profiter...

Fred – Mieux en profiter ? En sachant qu'il va mourir juste après ?

Max – Justement ! Peut-être qu'il regarderait moins à la dépense, ce genre de trucs. Qu'il irait dans des hôtels de luxe. Ou qu'il resterait quelques semaines de plus.

Fred – Ouais...

Max – Je ne sais pas moi... Imagine que le type ait joué au loto, et qu'il ait gagné. Il faudrait lui dire ou pas ?

Fred – Sachant qu'il va mourir d'un cancer quelques mois après ?

Max – Bon, laisse tomber.

Zoé – Oui, c'est quand même un peu embrouillé, cette histoire, non ?

Max – À propos, tu te souviens quand on jouait au loto, tous les deux.

Fred – Ouais...

Max – Et tu joues toujours ?

Fred – Ça m'arrive.

Max – Et cette semaine, tu as joué ?

Fred – Cette semaine... j'avais pas mal de trucs en tête, figure-toi.

Max – Ah merde...

Fred sort un ticket de sa poche.

Fred – Mais oui, j'ai pris le temps de faire une petite grille... Pourquoi ?

Max – Non, rien, comme ça... et tu joues toujours le même numéro ?

Fred – Le même numéro ?

Max – Nos dates de naissance !

Clara appelle Fred en off.

Clara – Fred, tu peux m'aider, s'il te plaît ?

Fred – Bien sûr... Excusez-moi, le devoir conjugal m'appelle...

Fred sort.

Zoé – Une coloscopie ?

Max – J'ai improvisé...

Zoé – Juste après le mariage, je demande le divorce.

Max – À cause de cette histoire de loto ?

Zoé – Parce que tu as une maîtresse ! Tu croyais que j'allais gober ton histoire ? Tu me racontes que ce message était destiné à Fred, tu l'effaces par mégarde. Tu me prends vraiment pour une buse !

Max – Je suis vraiment désolé, je...

Zoé – Et ne me dis pas que c'était un accident. Je sais très bien qu'il y en a eu bien d'autres avant celle-là.

Max – Écoute, Zoé, je t'assure que...

Zoé – Et oui, cette histoire de loto, ça en dit long sur toi. Tu es incapable d'aimer, Max. Comment tu peux imaginer un truc pareil ? C'est monstrueux ! Quand on aime, on ne quitte pas quelqu'un juste parce qu'on a gagné au loto.

Max – Tu es vraiment sûre de ça ?

Zoé – Fred est un type bien, lui. Jamais il ne ferait ça à Clara.

Max – Alors qu'est-ce qu'on risque à lui dire avant qu'ils se marient ? Puisque tu dis que de toute façon, il ne changera pas d'avis.

Zoé – Donc tu vas lui dire...

Max – Je sais déjà qu'il a joué, mais je ne sais pas s'il a joué ce numéro-là. Le billet est dans la poche de sa veste...

Zoé – Et tu comptes lui faire les poches ?

Max – Pas si je peux lui demander avant.

Zoé – C'est ridicule... Admettons que cet argent lui monte à la tête, il pourra toujours divorcer après...

Max – Oui, mais il devra partager ses 10 millions avec elle...

Zoé – Plutôt qu'avec toi, c'est ça ?

Max – C'est nos dates de naissance !

Zoé – Mais c'est lui qui a acheté le billet !

Max – C'est notre numéro, qu'on a joué des centaines de fois !

Zoé – Et donc tu crois qu'il partagerait avec toi plutôt qu'avec Clara ?

Max – C'est avec moi qu'il jouait ce numéro, je te dis. On avait le projet d'acheter un théâtre ensemble si on touchait le gros lot !

Zoé – Et peut-être qu'il va se marier avec toi, aussi !

Max – N'importe quoi...

Zoé – Non mais écoute toi, Max. Tu es malade, il faut te faire soigner. En fait, tu es jaloux, c'est ça. J'en serais presque à croire que c'est bien à Fred qu'était destiné ce message. Tu considères que Clara t'enlève ton copain. Et tu serais prêt à tout pour faire capoter ce mariage.

Max – Je te parie que quand il saura qu'il est riche, il sera beaucoup moins pressé de se marier, c'est tout...

Zoé – Tu n'es qu'un pauvre type. Je me demande comment j'ai pu épouser un mec comme toi...

Zoé sort.

Fred revient et la voit sortir comme une furie.

Fred – Il va falloir me dire ce qui ne va pas, Max. Tu t'es encore pris la tête avec Zoé ?

Max – Ce n'est pas à propos de Zoé... Enfin, si mais... En fait, c'est à propos de toi... Enfin de nous deux...

Fred – Tu me fais peur...

Max – Non mais je te rassure, ce serait plutôt quelque chose de positif...

Fred – Tu ne vas pas me reparler de coloscopie...?

Un temps.

Max – Tu te souviens de ce numéro qu'on avait l'habitude de jouer au loto.

Fred – Quel numéro ?

Max – Mais si ! Notre numéro fétiche.

Fred – Ah oui ?

Max – Nos dates de naissance à tous les deux.

Fred – Oui, peut-être.

Max – Peut-être ?

Fred – J'avais l'habitude de jouer ce numéro, je ne me souvenais plus que c'était nos dates de naissance.

Max – C'est bien ce numéro que tu as joué hier soir ?

Fred – Oui.

Max – Ce n'est pas vrai...

Fred – Si, je t'assure... Pourquoi ce ne serait pas vrai ?

Un temps.

Max – Parce que notre numéro est enfin sorti, Fred !

Fred – Non ?

Il lui met son portable sous le nez.

Max – Tiens regarde. C'est bien le numéro que tu as joué ?

Fred regarde l'écran.

Fred – Oui.

Fred sort un ticket de sa poche et compare les deux numéros.

Max – Alors ?

Fred – Oui, c'est bien ça...

Max – Alors on a gagné !

Fred – C'est dingue...

Max – Oui...

Fred – Mais quand tu dis on...

Max – Ben c'est ma date de naissance, quand même.

Fred – Ouais... mais c'est moi qui ai acheté le billet.

Max – On avait dit que si on gagnait le gros lot, on achèterait un théâtre ensemble.

Fred – Ah ouais...?

Max – Ben ouais !

Fred – Mais comme j'ai arrêté le théâtre.

Max – D'accord, alors tu la joues comme ça...

Fred – Excuse-moi, mais...

Max – Bon... Tu me déçois, mais...

Fred – Attends, je ne sais pas... Ça dépend... Si c'est quelques centaines d'euros. On parle de combien, là ?

Max – 10 millions.

Fred – Ah ouais, quand même...

Max – Même divisé par deux, ça fait 5 millions.

Fred – Mais si moi je partage avec Clara, ça ne me fait plus que 2,5 millions...

Clara arrive avec Zoé.

Clara – Il faut qu'on y aille, si on ne veut pas être en retard. *(Voyant la tête des autres)* Qu'est-ce qui se passe ?

Zoé – Tu lui as dit...

Max – Oui.

Clara – Dit quoi ?

Un temps.

Fred – Tu ne vas pas le croire, mais... Il semblerait que... je viens de gagner 10 millions au loto.

Clara – Quoi ?

Fred – C'est Max qui vient de m'annoncer la nouvelle.

Clara – Qu'est-ce que c'est que cette histoire ?

Max lui met sous les yeux l'écran de son portable.

Max – Notre numéro fétiche. Il est sorti.

Clara *(à Fred)* – Et tu as joué ?

Fred montre le ticket.

Fred – J'ai vérifié trois fois. C'est le bon numéro !

Clara – Mais c'est complètement dingue... *(Se reprenant)* Tu te fous de moi, c'est ça ? C'est une blague. Tu crois vraiment que c'est le moment ?

Fred – Ce n'est pas une blague, Clara. Max vient de te montrer les résultats du loto... et voilà mon ticket gagnant. C'est les mêmes numéros !

Clara – Mais alors... on est riches ?

Fred – 10 millions...

Clara *(à Zoé)* – Tu le savais ?

Zoé – Je t'assure que non... Enfin si, mais...

Fred – C'est complètement dingue, non ?

Clara – 10 millions...? Je n'arrive même pas à réaliser... *(Son portable sonne et elle répond)* Oui, maman. Ah vous êtes déjà à la mairie ? Si, si, on arrive tout de suite... *(Elle range son portable)* Bon, on reparlera de tout ça plus tard... Mes parents nous attendent. Et le maire aussi. On y va ?

Fred – Le maire...?

Clara – Euh... Le maire, oui... On a beau avoir gagné au loto, tu n'as pas oublié qu'on se marie, quand même ?

Fred – Non, bien sûr, mais...

Clara – Mais...?

Fred – Je viens de gagner 10 millions, Clara ! Enfin, on vient de gagner 10 millions... On ne va pas faire comme si de rien n'était.

Clara – On se marie ! C'est l'occasion idéale pour fêter ça, non ?

Fred – Écoute, Clara... Je suis désolé, mais je suis complètement perturbé, là. Je n'ai vraiment pas la tête à ça.

Clara – Quoi ? Tu n'as pas la tête à ça...?

Moment de malaise

Zoé – Je crois que ce qu'il est en train de te dire, c'est que maintenant qu'il est riche, il n'a plus très envie de se marier...

Fred – Mais pas du tout ! C'est juste que... Et puis entre nous, avec 10 millions, on peut se payer un autre mariage que ça, non ?

Clara – Il ne te plaît pas, ce mariage ?

Fred – Tu veux dire le mariage que nous ont organisé tes parents ? Dans la plus stricte intimité, comme un enterrement. Et un voyage de noces dans un hôtel deux étoiles à Venise...

Clara – Ce sont mes parents qui nous l'offrent, ce voyage ! Jusque-là, ça ne te posait pas problème au point de renoncer à m'épouser.

Fred – Non mais tu imagines le mariage qu'on peut se payer avec 10 millions ?

Clara – On pourra toujours faire une grande fête plus tard. Pour l'instant, mes parents nous attendent ! Qu'est-ce que je suis supposée leur dire ? On ne se marie plus parce que Fred a gagné au loto ?

Max – Fred a raison. Vous n'allez pas vous marier entre deux témoins et aller en week-end à Venise !

Clara – Toi, tu la fermes ! *(À Fred)* Alors tu ne veux plus te marier ?

Zoé – Tu ne veux plus te marier avec elle parce que tu as gagné 10 millions.

Clara – Un plus beau mariage, un plus beau voyage... et une plus belle femme, c'est ça ?

Fred – Mais pas du tout, c'est juste que...

Clara sort, en larmes.

Zoé *(à Fred)* – Tu es vraiment un beau salaud... *(À Max)* Et vous faites bien la paire, tous les deux !

Elle part consoler Clara.

Max – Je te signale que c'est moi qui ai insisté pour te le dire avant ton mariage.

Fred – Merci, mais je m'en serai bien aperçu après.

Max – Oui, mais tu aurais dû partager avec ta femme.

Fred – Juridiquement, je ne sais pas trop comment ça marche. J'ai joué avant mon mariage, je touche l'argent après...

Max – Quoi qu'il en soit, d'une façon ou d'une autre, tu aurais partagé.

Fred – Et alors ?

Max – Je t'ai fait économiser 5 millions.

Fred – Tu as fait capoter mon mariage, surtout.

Max – Eh ! C'est toi qui ne veux plus te marier !

Fred – J'ai seulement dit pas maintenant...

Max – Ouais, on sait ce que ça veut dire...

Fred – Va te faire foutre, Max.

Max – Je te redécouvre, Fred. Tu n'as même pas encore touché ton argent, et tu as déjà perdu ton meilleur ami et ta future femme. Comme quoi la sagesse populaire a raison : l'argent ne fait pas le bonheur.

Fred – Avec 10 millions, j'essayerai d'être heureux sans vous... Ce sera dur, mais je te promets d'essayer.

Fred sort.

Zoé revient.

Max – Comment elle va ?

Zoé – À ton avis ? *(Un temps)* Et Fred ? Il est déjà parti toucher son chèque ?

Max – Je ne sais pas.

Zoé – Sans blague... Alors, ton meilleur pote ne veut pas partager avec toi ? Au nom de votre ancienne amitié ?

Max – Non...

Zoé – Tu vois ? Tu aurais mieux fait de ne rien lui dire...

Max – Il n'empêche que j'avais raison... Il ne veut plus se marier avec Clara.

Zoé – Ça prouve seulement que c'est un salaud, comme toi.

Max – Oui, mais c'est moi qui avais raison.

Zoé – Un salaud qui a raison, ça reste un salaud.

Max – Et c'est toi qui avais tort.

Zoé – Tu vas répéter ça en boucle toute la journée ?

Fred revient. Il a l'air inquiet. Il semble chercher quelque chose.

Max – Qu'est-ce qui se passe ?

Zoé – Tu as encore perdu tes alliances ?

Fred – Je ne retrouve pas le portefeuille dans lequel j'avais rangé mon ticket gagnant.

Zoé – On te l'aurait volé, tu crois ?

Fred – Je l'avais il y a cinq minutes. Et ici, il n'y a personne d'autre que vous.

Max – Je rêve... Tu nous accuses ?

Fred leur lance un regard suspicieux.

Zoé – Alors voilà où on en est ? Il y a un quart d'heure on était les meilleurs amis du monde, et tu te mariais avec la femme de ta vie, maintenant tu nous traites de voleurs.

Fred – Je veux juste savoir où est passé ce ticket.

Zoé – Si c'est toi qui l'as, Max, rends-le lui. Je ne veux plus rien avoir à faire avec ce type-là.

Max – Je n'ai pas touché à ce ticket.

Fred – Vite tes poches, Max.

Max – Je ne l'ai pas, je te dis.

Fred – Vide tes poches, avant que je m'énerve.

Max – Ah oui ? Et qu'est-ce que tu vas faire, au juste ? Me frapper ? Essaie un peu, pour voir...

Ils s'avancent l'un vers l'autre, prêts à en découdre. Clara arrive, brandissant le billet.

Clara – C'est ça que tu cherches ?

Fred – Rends-moi ça.

Elle met le ticket dans sa bouche, le mâche et l'avale. Consternation générale.

Zoé – Tu viens d'avaler 10 millions...

Fred – Mais tu es complètement folle !

Clara – Oui, je suis folle. Folle de rage, d'avoir failli épouser un pauvre type comme toi.

Zoé – Pauvre, c'est le cas de le dire. Plus de ticket, plus de gros lot.

Max – Et il n'y a aucun recours ?

Clara – J'ai vérifié sur internet. Un ticket gagnant, c'est un bon au porteur. Non, il n'y a pas de recours.

Fred – Dis-moi que ce n'est pas vrai ?

Clara – Et puis ce n'est pas tout, Fred. Tu sais quoi ? J'ai couché avec un mec hier soir.

Fred – Non ?

Clara – Je te le jure sur la tête de ma mère. Et en plus, tu le connais. C'est même un très bon ami à toi...

Fred – N'importe quoi.

Clara – Et maintenant, tu prends tes cliques et tes claques et tu fous le camp. Parce qu'ici, je te rappelle, c'est chez moi. Tu as un quart d'heure pour dégager.

Clara sort.

Fred est assommé.

Zoé – Ça fait beaucoup d'émotions d'un coup.

Max – Oui... Je crois que la situation a un peu dérapé. Je ne pensais pas que ça irait jusque là...

Zoé – Qu'est-ce que tu veux dire ?

Max – Non, rien.

Fred – Je vais l'étrangler.

Zoé – Parce qu'elle a avalé ton ticket de loto ? Tu auras du mal à faire passer ça pour un crime passionnel.

Fred – Et pour ce mec avec qui elle a couché ? Tu as passé la soirée avec elle. Tu dois bien savoir si c'est vrai ou pas...

Zoé – Je ne l'ai pas quittée une seconde. Je t'assure que je n'ai rien vu.

Max – Elle a peut-être dit ça juste pour se venger.

Fred – Elle a dit que c'était quelqu'un que je connaissais bien...

Zoé – Je vais la voir... J'ai peur qu'elle fasse une bêtise.

Fred – Elle vient d'avaler 10 millions, c'est déjà fait, non ?

Zoé sort.

Max – En tout cas, avec Clara, je crois que c'est mort pour toi...

Fred – Je vais aller chercher mes affaires.

Max – Oh, on n'est plus à cinq minutes près.

Fred – Ses parents ne vont sans doute pas tarder à rappliquer. Je préfère autant qu'ils ne me trouvent pas ici... Tu peux m'héberger pour cette nuit ?

Max – Je suis en froid avec Zoé, on va divorcer. Ça m'étonnerait qu'elle soit très chaude pour que je ramène un copain à la maison. Et surtout pas toi. Après ce que tu viens de faire à sa meilleure amie...

Fred – Oui, évidemment...

Max – Et puis bon... maintenant que je sais à quoi m'en tenir avec toi.

Fred – On est toujours amis, non ?

Max – Alors maintenant que tu n'es plus multimillionnaire, on est de nouveau amis ?

Fred – Désolé... Tout ça m'est monté à la tête... Je vais voir si je peux arranger les choses avec Clara.

Max – C'est ça... Maintenant que tu es de nouveau sans un rond, tu veux bien te marier avec elle ? Et toi qui me jurais que tu ne l'épousais pas pour son argent...

Fred sort.

Clara revient.

Max – Fred te cherchait...

Clara – Qu'il aille se faire foutre.

Max – Alors ? Tu as digéré ?

Clara – Non, figure-toi... Je ne pensais pas que 10 millions, ça pouvait peser autant sur l'estomac.

Max – Pour hier soir, tu n'aurais peut-être pas dû lui dire...

Clara – Ah oui ? Et pourquoi je me gênerais...?

Max – Depuis hier soir, tout ça s'est enchaîné d'une façon... Ça doit être la pleine lune, ou quelque chose comme ça...

Clara – Ce n'est pas toi qui as organisé tout ça pour faire capoter ce mariage, au moins ? Et avoir encore une chance de coucher avec moi...

Max – Je t'assure, je n'ai pas encore le pouvoir d'influer sur les résultats du loto...

Clara *(au bord des larmes)* – J'allais me marier... J'aurais pu être riche... J'ai tout perdu...

Max – Moi aussi.

Clara – Toi, il te reste Zoé...

Max – Plus pour longtemps.

Clara – Ah oui...?

Max – Du coup, je vais bientôt être de nouveau sur le marché. Et comme je ne sais plus où habiter... C'est l'appartement de Zoé, tu comprends... Tu pourrais m'héberger provisoirement...?

Clara – Excuse-moi, Max, mais j'ai pas mal de choses à régler, là, tout de suite. Mes parents n'arrêtent pas d'appeler. Je n'ai même pas osé décrocher...

Max – Il va bien falloir leur dire quelque chose...

Clara – Le pire, c'est que je suis sûre que ça va leur faire plaisir. Ils n'ont jamais fait confiance à Fred...

Max – Oui... Et malheureusement, ils avaient raison, tu vois...

Clara – Bon, tu peux me laisser, cinq minutes...? J'ai besoin de réfléchir un peu...

Max – Sache quand même que je serai toujours là pour toi...

Il sort.

Zoé arrive.

Zoé – Tu n'as rien à regretter, je t'assure. Il ne te méritait pas. Autant que tu t'en aperçoives maintenant.

Clara fond en larmes.

Clara – C'est de votre faute aussi. Si vous ne lui aviez pas dit ça avant le mariage, je gagnais au loto avec lui !

Zoé – Moi je ne voulais pas lui dire, je te le jure. C'est Max qui a insisté pour...

Clara regarde le paquet cadeau apporté par Zoé et Max.

Clara – C'est quoi, votre cadeau ?

Zoé – Du coup maintenant...

Clara – Quoi ? Tu vas le reprendre ?

Zoé – Mais non, pas du tout...

Clara déballe le cadeau.

Clara – Un service à raclette. Vous vous foutez vraiment de nous !

Zoé – Alors c'est comme ça que tu vois les choses ?

Clara – Je ne sais pas ce qui m'a pris d'avaler ce billet. 10 millions, tu te rends compte ? Peut-être qu'il m'aurait épousée quand même.

Zoé – On ne saura jamais... Mais maintenant que tu lui as dit que tu t'étais tapée un mec hier soir...

Clara – Ouais...

Zoé – Je ne t'ai pas quittée de l'œil, et c'est moi qui t'ai raccompagnée... Tu lui as dit ça pour le faire enrager...

Clara – Non, même pas...

Zoé – C'est qui ?

Clara – Peu importe... Et pour le ticket de loto, à ton avis... On ne peut vraiment plus rien faire ?

Zoé – Ah non, là... Pour le ticket, je crois que c'est mort... Même si tu vomissais maintenant...

Clara – Il va bien falloir que je rappelle mes parents... Qu'est-ce que j'ai fait de mon téléphone...?

Elle sort.

Fred revient.

Fred – Et dire que j'ai failli me marier avec une garce pareille ?

Zoé – Quoi ?

Fred – Tiens, c'est le portable de Clara...

Zoé – Qu'est-ce que tu veux que j'en fasse ?

Fred – Elle m'a dit qu'elle avait couché avec un de mes amis hier soir.

Zoé – Et ?

Fred – Elle ne mentait pas. J'ai regardé sur son portable. Le message est parfaitement explicite. Le mec parle même d'un feu d'artifice !

Zoé – Un feu d'artifice ?

Fred – Le bouquet final, dit-il.

Zoé – Fais voir...

Elle regarde l'écran que lui tend Fred.

Fred – Quoi...?

Zoé – C'est le numéro de Max...

Fred – Max ? Non ?

Zoé – Si...

Fred – L'enfoiré... Et tu ne savais pas ?

Zoé – Je savais qu'il me trompait, je ne savais pas que c'était avec ma meilleure amie...

Max revient.

Max – Bon, il faut que je vous avoue une chose...

Zoé – Je ne veux plus te voir à la maison demain. Tu prends tes affaires et tu dégages.

Max – Quoi ? Mais enfin, pourquoi ?

Zoé – Pourquoi ? Tu oses demander pourquoi ? Alors que tu as couché avec Clara !

Max – C'est un simple malentendu, tu ne vas pas le croire mais...

Fred s'avance vers Max.

Fred – Je vais t'éclater la tête, Max... Comment tu as pu me faire ça ? La veille de mon mariage...

Il s'avance vers Max, mais Zoé s'interpose.

Zoé – La violence ne résoudra rien...

Fred – Je sais, mais je sens que ça va me soulager.

Clara revient.

Clara *(à Fred)* – Tu es encore là, toi ? Mon père sera là dans une minute. Si j'étais toi, j'éviterais de le croiser aujourd'hui...

Fred – Ah oui ? Et moi je voudrais voir sa tête quand je lui dirai que sa fille a couché avec mon témoin, la veille de son mariage...

Zoé – Moi qui te considérais comme ma meilleure amie. Tu es une vraie salope, Clara. Tu mérites tout ce qui t'arrive.

Clara – Mais enfin...

Zoé – C'est ça, fais l'innocente.

Fred – Ne te fatigue pas, va. On est au courant... pour le bouquet final. Tiens, tu peux reprendre ton téléphone.

Clara – Je suis vraiment désolée...

Fred – Et c'est toi qui osais me faire la morale...

Zoé – Espèce de garce... Et tu vois, c'est dommage que tu ne te maries plus, parce que j'avais un cadeau pour vous. Un petit cadeau de dernière minute...

Clara – En plus du service à raclette, tu veux dire...

Zoé sort une enveloppe de sa poche.

Zoé – Une enveloppe, avec un billet de loto. *(Un temps)* Un billet gagnant.

Fred – Quoi ?

Zoé – Quand Max m'a parlé de cette tradition que vous aviez de jouer ensemble vos dates de naissance, j'ai trouvé ça trop mignon.

Max – Ah oui ?

Zoé – Je me suis dit que c'était un cadeau marrant et pas cher. Et j'ai fait une grille, pour vous l'offrir. *(Elle brandit l'enveloppe)* La voilà !

Fred – C'est une blague.

Zoé – Je culpabilisais un peu pour ce cadeau de merde qu'on vous avait offert, qui ne m'avait coûté que vingt euros...

Clara – Vingt euros ?

Zoé – J'ai trouvé que ce serait un petit truc en plus. J'avais même préparé un discours de circonstance pour aller avec, sur les amitiés viriles, parsemée de quelques proverbes du genre l'argent ne fait pas le bonheur, au cas probable où ce ne serait pas un billet gagnant.

Fred – Mais le numéro est sorti.

Zoé – Oui. Et comme Clara a bouffé ton billet, il n'y a plus qu'un gagnant. Le gros lot sera multiplié par deux.

Clara – 20 millions !

Fred – Donne !

Zoé – Ah non, mais c'était un cadeau de mariage ! Et comme il n'y a plus de mariage.

Max – Alors quand je t'ai dit que notre numéro était sorti, tu savais qu'on avait gagné nous aussi !

Zoé – Nous ?

Max – Ce billet, tu l'as acheté avec l'argent du couple. Donc, j'ai gagné aussi.

Zoé – L'argent du couple ? Tu n'as jamais contribué aux dépenses du ménage...

Max – Tout de même... On reste mariés sous le régime de la communauté.

Zoé – On verra ce qu'en dit mon avocat. Celui à qui je vais demander de s'occuper de mon divorce.

Max – Mais si tu savais... pourquoi tu ne m'as rien dit ?

Zoé – Au début, c'était pour ne pas gâcher le mariage de Clara. On ne savait même pas s'ils avaient gagné eux aussi. Et puis si Fred n'avait pas joué, je culpabilisais un peu...

Fred – Parce qu'évidemment, sachant que c'était un ticket gagnant, vous l'auriez gardé pour vous.

Max – Et après...

Zoé – Après, quand tu m'as dit que toi, si tu avais gagné au loto, tu ne m'aurais pas épousée, j'ai décidé de garder cet argent pour moi toute seule.

Silence.

Max – Je ne me battrai pas pour partager cet argent avec toi, Zoé. Tu peux le garder. Mais je ne veux pas te perdre.

Zoé – Sans blague...?

Max – Cette journée m'en aura beaucoup appris sur la nature humaine. L'argent pourrit tout. Regarde ! On s'est fâchés avec nos meilleurs amis. Ils ne se marient plus, et nous on est au bord du divorce...

Clara – On aurait dû appeler ça un enterrement de vie de mariés...

Zoé – Oui, enfin, l'argent... Le divorce, c'est un peu aussi à cause de ta maîtresse, non ? Qui se trouve être ma meilleure amie...

Max – Je sais... Je ne te mérite pas, Zoé. Mais je t'assure, je vais changer...

Zoé – Arrête ton numéro. Maintenant que je suis riche, tu ne veux plus divorcer ! Mais cette fois je ne me laisserai plus avoir.

Max – Mais pas du tout, je t'assure...

Zoé – Tu es pathétique, Max...

Un temps.

Max – Tu me déçois, Zoé... Toi qui jugeais Fred si sévèrement. Alors toi aussi, tu voudrais garder cet argent pour toi toute seule ?

Zoé brandit à nouveau l'enveloppe.

Zoé – 10 millions, Max ! Et tu voudrais que je les partage avec un mari qui me trompe ? Ou avec sa maîtresse !

Silence pesant.

Fred – Je crois que là, on a touché le fond.

Clara – Oui. À moins de creuser, on ne peut pas aller plus bas.

Zoé – Parlez pour vous... Moi je suis multi-millionnaire !

Max – Malheureusement, Zoé, tu ne vas pas profiter longtemps de ta fortune...

Zoé – Ah oui ?

Max – OK, il faut que je vous avoue quelque chose, moi aussi.

Zoé – Qu'est-ce que tu vas encore inventer pour essayer d'avoir ta part du gros lot ? Je suis curieuse d'entendre ça...

Max – J'essaie de vous le dire depuis tout à l'heure... Depuis que tout ça a commencé à déraper...

Clara – Quoi, encore ?

Max – Ce numéro, nos dates de naissance, il n'est jamais sorti.

Fred – Quoi...? Mais... tu m'as montré les résultats du tirage sur ton portable.

Zoé – À moi aussi !

Max – J'ai trafiqué une image bidon sur mon téléphone. Ce n'est vraiment pas compliqué à faire. Je ne pensais pas que ça marcherait aussi bien...

Silence de mort.

Clara – La bonne nouvelle, c'est que je n'ai pas avalé 10 millions.

Zoé *(abattue)* – La mauvaise nouvelle, c'est qu'on est tous aussi pauvres qu'hier...

Fred – Mais pourquoi tu as fait ça, Max ?

Max – Un pari stupide. Avec Zoé. Je voulais savoir si Fred épouserait vraiment Clara s'il n'avait pas besoin d'argent.

Ils sont tous les quatre complètement accablés.

Fred – Tu es vraiment un enfoiré.

Max – Désolé, je ne pensais pas que tout ça allait déclencher une réaction en chaîne...

Fred – Oui, ça on peut dire que c'est le bouquet...

Max – Je dirais même le bouquet final...

Nouveau silence.

Clara – Bon, et maintenant qu'est-ce qu'on fait ?

Max – Et si on reprenait tout à zéro ?

Clara – Qu'on se marie, tu veux dire ? Comme si de rien n'était ?

Fred – Ah, non, quand même pas... Tu as couché avec Max, et ça je ne suis pas prêt de l'oublier.

Zoé – Non, moi non plus.

Fred – Mais après tout, c'est toi qui as raison, Max... *(À Clara)* Je t'épousais pour ton argent. Toi tu me trompais déjà avec mon meilleur ami.

Clara – En somme, heureusement que nos témoins étaient là pour nous dissuader de faire une telle connerie...

Max *(à Zoé)* – Et nous... c'est évident qu'on n'était pas faits non plus pour se marier.

Zoé – En tout cas pas ensemble.

Max se tourne vers Fred et Clara.

Max – Vous étiez témoins à notre mariage, vous auriez pu nous le dire !

Un temps.

Fred – Et si on la faisait quand même, cette fête ?

Clara – Quelle fête ?

Max – Notre enterrement de vie de mariés !

Zoé – Au point où on en est... Pourquoi pas ?

Clara – On ne va pas laisser gâcher les petits-fours, et le champagne est déjà au frais...

Max – Vous ne vous mariez plus, nous on divorce. Finalement... Pour nous quatre, c'est une nouvelle vie qui commence !

Un bruit de sonnette se fait entendre.

Fred – Tes parents ?

Clara – Mes parents.

Consternation générale. Ils sont tous tétanisés.

Zoé – Ou alors on éteint la lumière et on fait comme si on n'avait rien entendu.

Ils se regardent, hésitants.

Noir.

Musique de marche nuptiale qui déraille peu à peu.

Fin

Août 2022

www.ingramcontent.com/pod-product-compliance
Lightning Source LLC
LaVergne TN
LVHW010122170826
845678LV00012B/2538

* 9 7 8 2 3 7 7 0 5 8 0 2 0 *